GABRIEL GARCÍA MÁRQUEZ
CARME SOLÉ VENDRELL

Un señor muy viejo con unas alas enormes

GRUPO
EDITORIAL
norma

Al tercer día de lluvia habían matado tantos cangrejos dentro de la casa, que Pelayo tuvo que atravesar su patio anegado para tirarlos en el mar, pues el niño recién nacido había pasado la noche con calenturas y se pensaba que era a causa de la pestilencia. El mundo estaba triste desde el martes. El cielo y el mar eran una misma cosa de ceniza, y las arenas de la playa, que en marzo fulguraban como polvo de lumbre, se habían convertido en un caldo de lodo y mariscos podridos. La luz era tan mansa al mediodía, que cuando Pelayo regresaba a la casa después de haber tirado los cangrejos, le costó trabajo ver qué era lo que se movía y se quejaba en el fondo del patio. Tuvo que acercarse mucho para descubrir que era un hombre viejo, que estaba tumbado boca abajo en el lodazal, y a pesar de sus grandes esfuerzos no podía levantarse, porque se lo impedían sus enormes alas.

Asustado por aquella pesadilla, Pelayo corrió en busca de Elisenda, su mujer, que estaba poniéndole compresas al niño enfermo, y la llevó hasta el fondo del patio. Ambos observaron el cuerpo caído con un callado estupor. Estaba vestido como un trapero. Le quedaban apenas unas hilachas descoloridas en el cráneo pelado y muy pocos dientes en la boca, y su lastimosa condición de bisabuelo ensopado lo había desprovisto de toda grandeza. Sus alas de gallinazo grande, sucias y medio desplumadas, estaban encalladas para siempre en el lodazal. Tanto lo observaron, y con tanta atención, que Pelayo y Elisenda se sobrepusieron muy pronto del asombro y acabaron por encontrarlo familiar. Entonces se atrevieron a hablarle, y él les contestó en un dialecto incomprensible pero con una voz de navegante. Fue así como pasaron por alto el inconveniente de las alas, y concluyeron con muy buen juicio que era un náufrago solitario de alguna nave extranjera abatida por el temporal. Sin embargo, llamaron para que lo viera a una vecina que sabía todas las cosas de la vida y la muerte, y a ella le bastó con una mirada para sacarlos del error.

-Es un ángel -les dijo-. Seguro que venía por el niño, pero el pobre está tan viejo que lo ha tumbado la lluvia.

Al día siguiente todo el mundo sabía que en casa de Pelayo tenían cautivo un ángel de carne y hueso. Contra el criterio de la vecina sabia, para quien los ángeles de estos tiempos eran sobrevivientes fugitivos de una conspiración celestial, no habían tenido corazón para matarlo a palos. Pelayo estuvo vigilándolo toda la tarde desde la cocina, armado con su garrote de alguacil, y antes de acostarse lo sacó a rastras del lodazal y lo encerró con las gallinas en el gallinero alambrado. A media noche, cuando terminó la lluvia, Pelayo y Elisenda seguían matando cangrejos. Poco después el niño despertó sin fiebre y con deseos de comer. Entonces se sintieron magnánimos y decidieron poner al ángel en una balsa con agua dulce y provisiones para tres días, y abandonarlo a su suerte en altamar. Pero cuando salieron al patio con las primeras luces, encontraron a todo el vecindario frente al gallinero, retozando con el ángel sin la menor devoción y echándole cosas de comer por los huecos de las alambradas, como si no fuera una criatura sobrenatural sino un animal de circo.

El padre Gonzaga llegó antes de las siete alarmado por la desproporción de la noticia. A esa hora ya habían acudido curiosos menos frívolos que los del amanecer, y habían hecho toda clase de conjeturas sobre el porvenir del cautivo. Los más simples pensaban que sería nombrado alcalde del mundo. Otros, de espíritu más áspero, suponían que sería ascendido a general de cinco estrellas para que ganara todas las guerras. Algunos visionarios esperaban que fuera conservado como semental para implantar en la tierra una estirpe de hombres alados y sabios que se hicieran cargo del universo. Pero el padre Gonzaga, antes de ser cura, había sido leñador macizo. Asomado a las alambradas repasó en un instante su catecismo, y todavía pidió que le abrieran la puerta para examinar de cerca aquel varón de lástima que más bien parecía una enorme gallina decrépita entre las gallinas absortas. Estaba echado en un rincón, secándose al sol las alas extendidas, entre las cáscaras de frutas y las sobras de desayunos que le habían tirado los madrugadores. Ajeno a las impertinencias del mundo, apenas si levantó sus ojos de anticuario y murmuró algo en su dialecto cuando el padre Gonzaga entró en el gallinero y le dio los buenos días en latín.

El párroco tuvo la primera sospecha de su impostura al comprobar que no entendía la lengua de Dios ni sabía saludar a sus ministros. Luego observó que visto de cerca resultaba demasiado humano: tenía un insoportable olor de intemperie, el revés de las alas sembrado de algas parasitarias y las plumas mayores maltratadas por vientos terrestres, y nada de su naturaleza miserable estaba de acuerdo con la egregia dignidad de los ángeles. Entonces abandonó el gallinero, y con un breve sermón previno a los curiosos contra los riesgos de la ingenuidad. Les recordó que el demonio tenía la mala costumbre de recurrir a artificios de carnaval para confundir a los incautos. Argumentó que si las alas no eran el elemento esencial para determinar las diferencias entre un gavilán y un aeroplano, mucho menos podían serlo para reconocer a los ángeles. Sin embargo, prometió escribir una carta a su obispo, para que éste escribiera otra a su primado y para que éste escribiera otra al Sumo Pontífice, de modo que el veredicto final viniera de los tribunales más altos.

Su prudencia cayó en corazones estériles. La noticia del ángel cautivo se divulgó con tanta rapidez, que al cabo de pocas horas había en el patio un alboroto de mercado, y tuvieron que llevar la tropa con bayonetas para espantar el tumulto que ya estaba a punto de tumbar la casa. Elisenda, con el espinazo torcido de tanto barrer

basura de feria, tuvo
entonces la buena
idea de tapiar el
patio y
cobrar cinco centavos por la entrada para ver al ángel.

Vinieron curiosos hasta de la Martinica. Vino una feria ambulante con un acróbata volador, que pasó zumbando varias veces por encima de la muchedumbre, pero nadie le hizo caso porque sus alas no eran de ángel sino de murciélago sideral. Vinieron en busca de salud los enfermos más desdichados del Caribe: una pobre mujer que desde niña estaba contando los latidos de su corazón y ya no le alcanzaban los números, un jamaicano que no podía dormir porque lo atormentaba el ruido de las estrellas, un sonámbulo que se levantaba de noche a deshacer dormido las cosas que había hecho despierto, y muchos otros de menor gravedad. En medio de aquel desorden de naufragio que hacía temblar la tierra, Pelayo y Elisenda estaban felices de cansancio, porque en menos de una semana atiborraron de plata los dormitorios, y todavía la fila de peregrinos que esperaban turno para entrar llegaba hasta el otro lado del horizonte.

El ángel era el único que no participaba de su propio acontecimiento. El tiempo se le iba en buscar acomodo en su nido prestado, aturdido por el calor de infierno de las lámparas de aceite y las velas de sacrificio que le arrimaban a las alambradas. Al principio trataron de que comiera cristales de alcanfor, que, de acuerdo con la sabiduría de la vecina sabia, era el alimento específico de los ángeles. Pero él los despreciaba, como despreció sin probarlos los almuerzos papales que le llevaban los penitentes, y nunca se supo si fue por ángel o por viejo que terminó comiendo nada más que papillas de berenjena. Su única virtud sobrenatural parecía ser la paciencia. Sobre todo en los primeros tiempos, cuando le picoteaban las gallinas en busca de los parásitos estelares que proliferaban en sus alas, y los baldados le arrancaban plumas para tocarse con ellas sus defectos, y hasta los más piadosos le tiraban piedras tratando de que se levantara para verlo de cuerpo entero. La única vez que consiguieron alterarlo fue cuando le abrasaron el costado con un hierro de marcar novillos, porque llevaba tantas horas de estar inmóvil que lo creyeron muerto.

Despertó sobresaltado, despotricando en lengua hermética y con los ojos en lágrimas, y dio un par de aletazos que provocaron un remolino de estiércol de gallinero y polvo lunar, y un ventarrón de pánico que no parecía de este mundo. Aunque muchos creyeron que su reacción no había sido de rabia sino de dolor, desde entonces se cuidaron de no molestarlo, porque la mayoría entendió que su pasividad no era la de un héroe en uso de buen retiro sino la de un cataclismo en reposo.

El padre Gonzaga se enfrentó a la frivolidad de la muchedumbre con fórmulas de inspiración doméstica, mientras le llegaba un juicio terminante sobre la naturaleza del cautivo. Pero el correo de Roma había perdido la noción de la urgencia. El tiempo se les iba en averiguar si el convicto tenía ombligo, si su dialecto tenía algo que ver con el arameo, si podía caber muchas veces en la punta de un alfiler, o si no sería simplemente un noruego con alas. Aquellas cartas de parsimonia habrían ido y venido hasta el fin de los siglos, si un acontecimiento providencial no hubiera puesto término a las tribulaciones del párroco.

Sucedió que por esos días, entre muchas otras atracciones de las ferias errantes del Caribe, llevaron al pueblo el espectáculo triste de la mujer que se había convertido en araña por desobedecer a sus padres. La entrada para verla no sólo costaba menos que la entrada para ver al ángel, sino que permitían hacerle toda clase de preguntas sobre su absurda condición, y examinarla al derecho y al revés, de modo que nadie pusiera en duda la verdad del horror. Era una tarántula espantosa del tamaño de un carnero y con la cabeza de una doncella triste.

Pero lo más desgarrador no era su figura de disparate, sino la sincera aflicción con que contaba los pormenores de su desgracia: siendo casi una niña se había escapado de la casa de sus padres para ir a un baile, y cuando regresaba por el bosque después de haber bailado toda la noche sin permiso, un trueno pavoroso abrió el cielo en dos mitades, y por aquella grieta salió el relámpago de azufre que la convirtió en araña. Su único alimento eran las bolitas de carne molida que las almas caritativas quisieran echarle en la boca. Semejante espectáculo, cargado de tanta verdad humana y de tan temible escarmiento, tenía que derrotar sin proponérselo al de un ángel despectivo que apenas si se dignaba mirar a los mortales. Además los escasos milagros que se le atribuían al ángel revelaban un cierto desorden mental, como el del ciego que no recobró la visión pero le salieron tres dientes nuevos, y el del paralítico que no pudo andar pero estuvo a punto de ganarse la lotería, y el del leproso a quien le nacieron girasoles en las heridas. Aquellos milagros de consolación que más bien parecían entretenimientos de burla, habían quebrantado ya la reputación del ángel cuando la mujer convertida en araña terminó de aniquilarla.

Fue así como el padre Gonzaga se curó para siempre del insomnio, y el patio de Pelayo volvió a quedar tan solitario como en los tiempos en que llovió tres días y los cangrejos caminaban por los dormitorios.

Los dueños de la casa no tuvieron nada que lamentar. Con el dinero recaudado construyeron una mansión de dos plantas, con balcones y jardines, y con sardineles muy altos para que no se metieran los cangrejos del invierno, y con barras de hierro en las ventanas para que no se metieran los ángeles. Pelayo estableció además un criadero de conejos muy cerca del pueblo y renunció para siempre a su mal empleo de alguacil, y Elisenda se compró unas zapatillas satinadas de tacones altos y muchos vestidos de seda tornasol, de los que usaban las señoras más codiciadas en los domingos de aquellos tiempos. El gallinero fue lo único que no mereció atención. Si alguna vez lo lavaron con creolina y quemaron las lágrimas de mirra en su interior, no fue por hacerle honor al ángel, sino por conjurar la pestilencia de muladar que ya andaba como un fantasma por todas partes y estaba volviendo vieja la casa nueva. Al principio, cuando el niño aprendió a caminar, se cuidaron de que no estuviera muy cerca del gallinero.

Pero luego se fueron olvidando del temor y acostumbrándose a la peste, y antes de que el niño mudara los dientes se había metido a jugar dentro del gallinero, cuyas alambradas podridas se caían a pedazos.

El ángel no fue menos displicente con él que con el resto de los mortales, pero soportaba las infamias más ingeniosas con una mansedumbre de perro sin ilusiones. Ambos contrajeron la varicela al mismo tiempo. El médico que atendió al niño no resistió a la tentación de auscultar al ángel, y le encontró tantos soplos en el corazón y tantos ruidos en los riñones, que no le pareció posible que estuviera vivo. Lo que más le asombró, sin embargo, fue la lógica de sus alas. Resultaban tan naturales en aquel organismo completamente humano, que no podía entender por qué no las tenían también los otros hombres.

Cuando el niño fue a la escuela, hacía mucho tiempo que el sol y la lluvia habían desbaratado el gallinero. El ángel andaba arrastrándose por acá y por allá como un moribundo sin dueño. Lo sacaban a escobazos de un dormitorio y un momento después lo encontraban en la cocina. Parecía estar en tantos lugares al mismo tiempo, que llegaron a pensar que se desdoblaba, que se repetía a sí mismo por toda la casa, y la exasperada Elisenda gritaba fuera de quicio que era una desgracia vivir en aquel infierno lleno de ángeles. Apenas si podía comer, sus ojos de anticuario se le habían vuelto tan turbios que andaba tropezando con los horcones, y ya no le quedaban sino las cánulas peladas de las últimas plumas.

Pelayo le echó encima una manta y le hizo la caridad de dejarlo dormir en el cobertizo, y sólo entonces advirtieron que pasaba la noche con calenturas delirantes en trabalenguas de noruego viejo. Fue ésa una de las pocas veces en que se alarmaron, porque pensaban que se iba a morir, y ni siquiera la vecina sabia había podido decirles qué se hacía con los ángeles muertos.

Sin embargo, no sólo sobrevivió a su peor invierno, sino que pareció mejor con los primeros soles. Se quedó inmóvil muchos días en el rincón más apartado del patio, donde nadie lo viera, y a principios de diciembre empezaron a nacerle en las alas unas plumas grandes y duras, plumas de pajarraco viejo, que más bien parecían un nuevo percance de la decrepitud. Pero él debía conocer la razón de esos cambios, porqué se cuidaba muy bien de que nadie los notara, y de que nadie oyera las canciones de navegantes que a veces cantaba bajo las estrellas.

Una mañana, Elisenda estaba cortando rebanadas de cebolla para el almuerzo, cuando un viento que parecía de alta mar se metió en la cocina. Entonces se asomó por la ventana, y sorprendió al ángel en las primeras tentativas del vuelo. Eran tan torpes, que abrió con las uñas un surco de arado en las hortalizas y estuvo a punto de desbaratar el cobertizo con aquellos aletazos indignos que resbalaban en la luz y no encontraban asidero en el aire. Pero logró ganar altura. Elisenda exhaló un suspiro de descanso, por ella y por él, cuando lo vio pasar por encima de las últimas casas, sustentándose de cualquier modo con un azaroso aleteo de buitre senil. Siguió viéndolo hasta cuando acabó de cortar la cebolla, y siguió viéndolo hasta cuando ya no era posible que lo pudiera ver, porque entonces ya no era un estorbo en su vida, sino un punto imaginario en el horizonte del mar.

Este libro se terminó de imprimir
en el mes de diciembre de 1999
en los talleres de D'Vinni Editorial Ltda.
Santafé de Bogotá, D.C. - Colombia